BIBLIQUES

ET

ORIENTALES

PAR

HENRI CALLAND

1861

PARIS

CHEZ LES PRINCIPAUX LIBRAIRES

PRIX 1 FR.

II

ABRAHAM RENVOYANT AGAR

MÉLODIE BIBLIQUE.

I

L'aurore se levait dans sa pourpre enflammée ;
Des astres de la nuit l'étincelante armée
Semblait pâlir au feu de ces rayons nouveaux :
Aux tentes d'Abraham, sombres sous les étoiles,
Et dont un vent léger venait rider les toiles,
Tout reposait encor, serviteurs et troupeaux.

Seul, le maître veillait ; silencieux et grave
Il sortit, précédant Agar, la jeune esclave,
Qui conduisait son fils Ismaël, et pleurait :
La douleur soulevait son sein, pareil à l'onde
Que soulève, au moment du flux, la mer profonde,
Et son triste regard à l'horizon errait.

D'une main retenant sur son épaule humide
Un vase aux larges flancs où tremble une eau limpide,

Elle cache ses pleurs, étouffe ses sanglots;
Et lui, le cœur ému d'une pitié sincère,
Pour Ismaël, leur fils à tous deux, pour sa mère,
De sa bouche à regret laisse tomber ces mots :

II

« Toi, qui charmant les jours de ma verte vieillesse,
A mes cheveux d'argent unis tes cheveux d'or,
Toi qui me rajeunis par ta jeune tendresse,
Toi que je chérissais, que je chéris encor,
Il faut nous séparer, mon Agar, oh! pardonne;
Un inflexible arrêt t'arrache de mes bras :
En sa haine cruelle une épouse l'ordonne;
Adieu! que le Seigneur accompagne tes pas.

De ce triste regard où le reproche expire,
L'amertume profonde a passé dans mon cœur;
En te voyant, Agar, je frémis, je soupire;
Devoir, amour, en moi quel sera le vainqueur?
Mais que dis-je! elle est là; Sara, Sara m'écoute :
C'en est fait! au désert il faut porter tes pas :
Un ange protecteur te montrera la route;
Adieu! que le Seigneur ne t'abandonne pas!

Quand sous nos pieds encor la rosée étincelle,
Obéis à l'arrêt que Dieu même a porté,

Avant que du soleil la flamme qui ruisselle
Ait des sables ardents blanchi l'immensité :
De ces rochers lointains la haute et sombre voûte
Bientôt de ses rayons préservera tes pas :
Un ange protecteur te montrera la route ;
Adieu ! que le Seigneur ne t'abandonne pas.

Et toi, fils que j'aimai comme j'aimai ta mère,
Ismaël, du destin subis la dure loi :
Dans l'exil où tu vas souviens-toi de ton père ;
Son âme bien souvent s'envolera vers toi :
Espère en l'avenir : sous l'aîle maternelle
Libre, au sein du désert, enfant, tu grandiras :
Séparons-nous : adieu ! déjà Sara m'appelle ;
Que le Dieu tout-puissant accompagne vos pas ! »

III

LA

JUIVE D'ALGER

Mon père, de Stamboul parti dès son jeune âge,
Alger, dans tes murs blancs a fixé son séjour,
Et moi, jeune palmier né sur ce doux rivage,
De ce père chéri je suis le seul amour.

La main du grand Allah, prodigue en ses largesses,
De l'urne aux flots d'argent lui versa le trésor;
A son comptoir, où vont s'entassant les richesses,
Comme une pluie au ciel tombent les pièces d'or.

Sous les tapis usés, sous les haillons sordides,
Au fond du réduit sombre où se cachent aux yeux
Trompant la convoitise ardente, aux flancs avides,
De Perse et de Bagdad les tissus précieux,

Se creuse un caveau noir aux profondes voûssures,
Plein de coffres de fer et de vases d'airain,
Dont souvent, à minuit, Nabal, de ses mains sûres,
Vient gonfler en secret le dépôt souterrain.

Là sont les diamants sortis de toi, Golconde !
Là vous brillez, rubis superbe, au feu si beau ;
Emeraude éclatante et plus verte que l'onde,
Soleils éblouissants qu'allume un seul flambeau.

Aux jaloux fils d'Eblis pourtant il dissimule
Les biens qu'en se jouant le Dey peut lui ravir ;
Modeste en son harnais, si je sors, une mule
Me porte ; ma nourrice est là pour me servir.

Ces trésors qu'envierait une reine d'Asie,
Moi, son unique enfant, je pourrais à mon gré
En disposer et voir selon ma fantaisie
D'un cercle éblouissant mon jeune front paré.

— « Ma fille, m'a-t-il dit, ô toi qui m'es si chère,
Au monde où nous vivons, seule tu me retiens :
Depuis le jour fatal où s'éteignit ta mère,
Plus encore qu'à moi, mes trésors sont les tiens. »

Eh bien, les sequins d'or qui gonflent les entrailles
Des grands coffres de fer et des vases d'airain,
Les diamants cachés à l'ombre des murailles,
Sous les dalles de marbre, au fond du souterrain,

Mes perles, mes colliers, mes ceintures de soie
Brillantes, comme l'arc étincelant au ciel,
De plus vives couleurs que jamais n'en déploie
Le paon, cet oiseau bleu qui miroite au soleil,

Mes doux parfums venus du pays des sultanes,
Mes larges bracelets aux joyaux enchâssés,
Mes voiles d'Orient si longs, si diaphanes,
Par la main des Péris qu'on les dirait tissés,

Mes colombes, par moi soir et matin nourries,
Qui viennent, au réveil, se jouer sur mon sein,
Ou volent, au jardin plein de roses fleuries,
Boire l'eau de senteur dans le creux de ma main,

Ma baignoire luisante aux flancs polis d'albâtre,
Où ruissèlent en flots huileux l'ambre et le nard,
Mes grains d'encens fuyant en spirale bleuâtre
Par le feu dévorés; mon luth et mon poignard;

Tout ce luxe caché, mais réel, qui m'entoure,
Gagné par tant d'efforts et de jours soucieux,
Que j'aime à savourer pourtant, comme on savoure
D'un fruit aux dards piquants le suc délicieux,

Tout, et des cœurs aimés l'ineffable tendresse,
Ma nourrice qui m'a tenue entre ses bras,
Mon père, qui me voit au seuil de la vieillesse
Comme une étoile d'or illuminant ses pas,

Oui, je donnerais tout, au balcon des terrasses
Appuyée, à cette heure où s'enflamment les cieux,
Pour obtenir de toi, fils d'Hayoub, quand tu passes,
Un souris de ta bouche, un regard de tes yeux.

IV

LE POÈTE A SES IDÉES

Quand j'étais jeune, ô mes idées,
Alors lentement dévidées
D'un cerveau plein de vague obscur,
Et malingres et souffreteuses
Vous n'osiez point, toutes honteuses,
Vous jouer encor dans l'azur.

Pour éclairer ou pour combattre
Trop faibles, vous reveniez battre
Sans cesse à mon front soucieux ;
Alors, à mon vouloir rebelles,
Vous rampiez, vous n'aviez point d'aîles
Pour vous élancer dans les cieux.

Et bientôt pourtant dans mon âme,
Etincelles avant la flamme,
Vous grandissiez, rayon vermeil,
Comme à l'horizon qu'elle dore
En souriant la jeune Aurore
Ouvre le palais du soleil.

Je vous disais : troupe ingénue,
Oiseaux légers, l'heure est venue,
Allez au monde vous mêler ;
Filles chastes et bien-aimées
Le bruit des fausses renommées
Vous faisait pâlir et trembler.

Vous redoutiez l'air et la foule ;
Le monde, menaçante houle,
Arène aux féroces combats ;
L'orgueil, qui regarde et dédaigne,
L'envie amère au flanc qui saigne,
L'oubli, qui ne reconnaît pas ;

Et comme aux ruches, sous les treilles,
Filles de la lumière, abeilles,
Vous revolez aux sombres jours,
Comme le bruit sourd du tonnerre
Ramène l'enfant à sa mère,
A moi vous reveniez toujours.

Mais à présent belles et fières,
Vous nagez dans l'azur, guerrières,
Glaive nu, le regard serein ;
Comme le roseau de la fable
Vous relevez le misérable
Et vous courbez les fronts d'airain.

A l'humanité qui trébuche
Vous découvrez la noire embûche,
La trappe ouverte du tombeau;
Vous faites, sur la haute cîme,
Briller comme un phare sublime
L'étoile de votre flambeau.

Vous fuyez de ces tours hautaines
Où l'on forge pour toi des chaînes,
Agonisante liberté;
Avec vous, compagnes fidèles,
Vous avez trois sœurs immortelles,
Vertu, justice, vérité.

Au peuple, ce géant qui souffre
Et pleure, enfoncé dans le gouffre
Des cruelles afflictions,
Par votre bouche se révèle
L'avenir d'or, la foi nouvelle
Que Dieu réserve aux nations.

Astres plus forts que les nuages,
Vous ne craignez pas les orages,
Ni les clameurs des insensés :
Votre voix, railleuse ou profonde,
Vibre, tonne, éclate et le monde
Se retourne, quand vous passez !

V

LE

MARCHAND D'ESCLAVES

I

Sur la place d'Ormuz, où de hauts minarets
Enracinés aux grandes dalles
Montent, comme des pins dépassant les forêts
De leurs têtes pyramidales,

A l'heure où le vent frais du large vient semant
Les âcres senteurs de la houle,
Curieuse, affairée, en son empressement
Ondulait et courait la foule.

Là, devant une tente immense aux plis mouvants,
Que gardaient des moricauds hâves,
Superbe, haranguant les nouveaux arrivants,
Se tenait un marchand d'esclaves.

A l'entendre, il avait, sur les flots écumeux,
Voyagé de l'Inde au Caucase,
Et l'hyperbole ardente, en ses discours pompeux,
Etincelait à chaque phrase.

II

Illustres habitants de la cité d'Ormuz,
Disait-il, entrez sous ma tente :
Mille esclaves, pour vous de bords lointains venus
Y satisferont votre attente.

Riches voluptueux dont un clair ruisseau d'or
Suit l'amoureuse fantaisie,
De filles aux beaux yeux je garde le trésor :
A vous ces perles de l'Asie.

Vous qui menez à pied, et non en palaquin,
Votre existence mal aisée,
Vous, acheteurs craintifs, dont le rare sequin
Tremble au fond d'une bourse usée,

Entrez, n'hésitez point ; et pour eux et pour vous,
Seigneurs, ma cymbale résonne ;
J'en ai de tous les prix : entrez vite, entrez tous ;
Je ne refuserai personne.

III

J'ai des Abyssins forts et plus noirs que la nuit
Dont s'enveloppent les deux pôles ;
Ils porteraient, Atlas nerveux au flanc qui luit,
Le monde entier sur leurs épaules ;

J'ai de souples Malais, dociles serviteurs
Au corps drapé d'étoffes blanches ;

Des Mornas, descendus des sublimes hauteurs
Où bondissent les avalanches;

Des métis de Florès, où sans peine, sans soin,
Comme un Eden fleurit la terre;
Qui sauraient manier pour leur maître, au besoin,
L'arc flexible et le cimeterre.

Des Indiens, voisins du Gange aux bruns îlots,
Race aux instincts guerriers, habile
A chasser tour à tour aux bois ou sur les flots
La panthère et le crocodile.

Entrez! Pour les travaux, seigneurs, ou le plaisir,
Mes esclaves sont faits; vous n'aurez qu'à choisir.

IV

Aux séduisantes mulâtresses
Ardentes comme des tigresses,
J'ai su joindre encor des négresses
Au collier rouge, au pagne bleu:
Mer, sur tes orageuses lames,
Arrivant du pays des flammes,
Elles ont, pour prendre les âmes,
Sein d'ébène et regards de feu.

Près de mes sombres Nubiennes
Vous verrez des Circassiennes
Et de pâles Géorgiennes
Aux yeux pleins d'un limpide azur:
Puis, sous les toiles empourprées

Des Tunisiennes cuivrées ,
Comme des grenades , dorées
Par les rayons d'un soleil pur.

Brillantes fleurs aux couleurs vives
J'ai trois sœurs encore , trois juives
Conquises par moi sur les rives
Où volent les roses flamants ;
Des essences de l'Idumée
Leur chevelure est parfumée ,
Leur fraîche haleine est embaumée ;
Leurs yeux sont de noirs diamants.

J'emmenai , beauté sans égale ,
Des lieux où le ciel du Bengale
La nuit a des reflets d'opale ,
La bayadère Zeïla :
Sirius aux clartés sans nombre
La lune éclairant le ciel sombre
S'effaceraient comme fuit l'ombre ,
Si je vous disais : la voilà !

L'orgueil de la verte pelouse ,
De bulbul l'amante et l'épouse ,
La rose , languirait , jalouse ,
En voyant l'éclat de son teint.
Elle rayonne , elle étincelle ,
La houri céleste , et près d'elle
La plus charmante , la plus belle
Est comme un astre qui s'éteint.

D'un ruisseau tombant par secousse
Entre les cailloux, sous la mousse,
Sa voix harmonieuse et douce
Imite le son argentin;
Vive danseuse au vol rapide,
C'est la péri, c'est la sylphide
Flottant dans la vapeur humide
Qui s'embrase aux feux du matin.

Pour céder le joyau si rare,
Dont à regret je me sépare,
Jusqu'ici, d'un tel bien avare,
Or, argent, j'ai tout rejeté :
Mais à voir comme l'on m'écoute,
Loin d'Ormuz poursuivant ma route,
Ici je laisserai sans doute
Zeïla, perle de beauté.

V

Au peuple ainsi parlait Gurf, le marchand d'esclaves,
Au langage éclatant, au geste souverain;
Et sous les coups pressés de ses moricauds hâves
Grondaient tambours, sonnaient les cymbales d'airain.

VI

Soudain la foule sous la tente
Se précipite impatiente;
— Marchand, où sont tes Abyssins?
Les trois sœurs juives, où sont-elles?

Et tes négresses les plus belles ?
Voyons leurs dents, leurs bras, leurs seins.

—Toi, dont le seul aspect m'irrite,
Nubien plus laid qu'un Afrite,
Tu ferais peur à mon enfant ;
— Cette négresse est, sur mon âme,
Plus lourde qu'un hippopotame,
Voyez donc ses pieds d'éléphant !

— Squelette, carcasse efflanquée,
Au minaret d'une mosquée,
Toi, tu ressembles, maigre Ombos ;
On dirait qu'un hideux vampire
En lui suce, avant qu'il expire,
Toute la moëlle de ses os.

Mordante comme une âpre scie,
Leur langue ainsi vous déprécie
Esclaves tout bas souhaités,
Tels qu'une épave par la houle,
Par les caprices de la foule
Tour à tour pris ou rejetés.

VII

Mais lorsque Zeïla, la radieuse étoile,
A l'ordre du marchand devant tous se dévoile,
Et laisse voir, plus vifs que les purs diamants,
De sa jeune beauté les étincellements,

Forte comme le bruit de la mer sur la grève,
Une acclamation immense alors s'élève ;
Jamais traits si charmants, si fins, si gracieux,
Des habitants d'Ormuz n'avaient séduit les yeux.

VIII

— Seigneurs aux coffres d'or où le sequin flamboie,
Nul de vous, j'en suis sûr, dit Gurf, n'hésitera,
Car Zeïla sera la lumière et la joie
Du maître fortuné qui la possédera.

Je ne l'ai point livrée à des rois infidèles ;
Je la gardai pour l'un de vous, bons musulmans :
Allons, qui donnera de la belle des belles
Le prix que j'ai fixé ? cent vingt mille tomans.

IX

Seigneurs de la ville opulente
Réunis en groupe nombreux,
Ils étaient là, tous, sous la tente
Dans le pénombre ténébreux ;

Ils étaient là ; leurs yeux de flamme
Dévoraient la belle aux doux yeux ;
Chacun d'eux eût donné son âme
Pour un trésor si précieux :

Mais comme une invincible entrave
Retient la barque au noir rocher,

De l'énorme prix de l'esclave
Aucun ne pouvait approcher.

X

Ainsi tous ces richards au vêtement splendide
Hésitaient, quand parut, marchant d'un pas rapide
Un homme, d'un caftan modeste enveloppé.
— Un rapport mensonger ne m'avait pas trompé,
Dit-il, en regardant Zeïla ; qu'elle est belle !
Vite, parle, marchand ; dis-moi, combien vaut-elle ?
— Eh ! que t'importe à toi, dit Gurf avec mépris,
Cent vingt mille tomans, donnerais-tu ce prix,
Toi, dont le triste habit montre l'état servile,
Quand nul ne l'a donné des seigneurs de la ville !
— Prends cet or... Zeïla désormais est à moi !
D'Ormuz et de l'Hedjaz c'était le puissant roi.

VI

LA

PRISE DE JÉRICHO

I

Dans la plaine embrasée, immense et sans écho,
Les Juifs marchaient vers toi, superbe Jéricho,
Vers toi, dont nul guerrier ne défendait l'approche :
La terre sous leurs pieds sonnait comme une roche ;
On eût dit que l'été, dans sa torride ardeur,
En avait calciné toute la profondeur :
Le soleil leur lançait ses flèches éclatantes ;
Les robustes chameaux, chargés de lourdes tentes
Fléchissaient, de sueur inondant leur poitrail,
Sous le poids écrasant de l'énorme attirail :
Dans les chaudes vapeurs à l'horizon perdue
Se déroulait leur file à travers l'étendue ;
Mais plus ils cheminaient, plus hauts à leurs regards
Montaient de la cité les forts et les remparts ;
L'asphalte et le bitume unis à son enceinte
De leur sombre couleur avaient donné l'empreinte ;
On eut dit que sortant d'un moule souterrain
Elle en avait jailli d'un seul bloc, et d'airain.
Des fossés l'entouraient, noirs comme des abîmes ;
Mille tours jusqu'au ciel portaient leurs fières cîmes,
Si hautes, que jouant à leur front de granit,
Comme au sommet des monts l'aigle y posait son nid.

A peine aux créneaux gris reluisaient des armures ;
A peine de la ville ondulaient les murmures ;
Il semblait qu'elle n'eût, défiant le trépas ,
Besoin que de ses murs et non point de soldats.
Mais quand Israël vit, et quand il put comprendre
Quels étaient ces remparts épais qu'il fallait prendre,
Le désespoir, du peuple éteignant les ardeurs,
De cette mer vivante émut les profondeurs :
— Eh quoi ! se disaient-ils, toujours, toujours com-
O murs de Jéricho, qui pourra vous abattre ! [battre !
Fossés, qui vous creusez en ceinture à ses flancs,
Qui pourra vous combler ! de travaux accablants
Seigneur, délivrez-nous, ou donnez-nous des aîles
Comme en ont les oiseaux aux voûtes éternelles,
Si vous voulez qu'enfin soit purgé d'ennemis
Ce pays par Moïse à nos enfants promis.

II

Ainsi devant la ville aux murs infranchissables
Sous le soleil ardent le peuple s'affligeait,
Et d'un pied chancelant en avançant plongeait
Dans la cendre de feu des sables.

III

— Hébreux au cœur de fer, race dure et sans foi,
Dit alors Josué leur chef, écoutez-moi !
Le Dieu qui vous parla par la voix des oracles,
Le Dieu qui fit pour vous, ingrats, tant de miracles,
Qui par tant de bienfaits signala sa bonté,
Qui vous tira d'Egypte et de captivité,
Saura bien, s'il le veut, de Jéricho la fière.

Abaisser le front haut au ras de la poussière.
Ne vous nourrit-il pas dans le fond des déserts?
N'a-t-il pas du rocher fait jaillir les flots clairs,
Lorsque tu le frappas, ô verge de Moïse?
Ne vous mena-t-il pas dans la terre promise,
Et quand naguère encor contre nous, à la fois,
Pour nous exterminer se liguèrent cinq rois,
A l'heure où les sauvant de nos mains, la nuit sombre
Allait jeter sur eux le voile de son ombre,
N'aperçûtes-vous pas, soldats victorieux,
Le soleil à ma voix s'arrêtant dans les cieux?...
Ce Dieu dont vous doutez, ce Dieu de vos ancêtres,
Du sol que vous foulez bientôt vous fera maîtres :
Qu'importent ces remparts l'un sur l'autre étagés
Et ces forts bataillons sur leurs sommets rangés :
La volonté d'en haut, puissante à les dissoudre,
Avec leurs défenseurs les réduirait en poudre,
Si, croyants, et d'avance à ses arrêts soumis,
Hébreux, vous l'imploriez contre vos ennemis.
Sous la tente aujourd'hui reposez-vous encore,
Mais soyez prêts demain quand jaillira l'aurore,
Car Jéricho, son roi, son peuple, ses soldats
Vous seront tous livrés par le Dieu des combats.

IV

Lorsque parut l'aurore, on se remit en marche;
La première, l'armée allait, précédant l'arche,
Que les prêtres portaient; les clairons résonnants
Frappaient les murs lointains et les échos tonnants;
Tout le peuple suivait en chantant, foule immense.
Les ennemis pourtant admiraient leur démence :

— « Eh quoi ! se disaient-ils, les voilà, ces guerriers
De qui nous redoutions les assauts meurtriers !
A la voix de leur chef ils vont, troupeau servile ;
Ils tournent lentement autour de notre ville,
Comme en procession l'un l'autre se suivant ;
De leurs clairons bruyants pensent-ils que le vent
Au sein des airs émus soulevant des tempêtes
De nos robustes tours fera tomber les faîtes ?
Fous ! dont le triste chant ne vaut pas seulement
D'un frêle moucheron le vain bourdonnement. »
Durant six jours entiers tout le peuple et l'armée
Renouvellent ainsi leur marche accoutumée ;
Tandis, ô Jéricho, que de tes habitants
Pleuvent, grêlent sur eux les brocards insultants.
Aux orgueilleuses tours, hautes de cent coudées
Riaient ou regardaient les femmes accoudées,
Demandant aux Hébreux, par le plus court chemin
S'ils voulaient qu'on s'en vînt les prendre par la main :
Et lui-même, le roi, les princes et les sages,
D'un sourire joyeux éclairaient leurs visages,
En voyant sur le sol, comme on voit des fourmis,
Si bas au-dessous d'eux ramper leurs ennemis.
Mais dans le ciel rougi que sa pourpre colore
Pour la septième fois quand resplendit l'aurore,
Autour de Jéricho par sept fois les Hébreux
Firent évoluer leurs bataillons nombreux ;
Et pendant qu'élevant leurs cris vers les nuées
Les habitants railleurs leur jetaient des huées,
Aux accords des clairons mêlés au bruit des voix,
Tous les remparts brisés croulèrent à la fois.

VII

GULZHA LA BELLE

Non, non, giaour, infidèle,
Non, non, je ne t'écoute pas;
Tu mens; à tes discours rebelle
Loin de Stamboul Gulzha la belle
Refuse de suivre tes pas.

Va; de mon Bosphore amoureuse
Je ne veux point de ton Paris;
Tour à tour vive ou langoureuse
Dans mon harem je suis heureuse
Plus que la reine des Péris.

On me l'a dit; comme une éponge
Sous les ouragans pluvieux
Dans l'eau votre terre se plonge;
Chez vous l'amour est un mensonge
Comme la clarté de vos cieux.

Votre liberté!... triste rêve!
Quand votre chef a dit: Allons,
Après l'étendard qui se lève,
Avec la foudre, avec le glaive
Vous marchez en noirs bataillons.

Vos fleurs, à l'ombre des feuillées
Que la givre nocturne atteint,
Par la froide aurore mouillées
Fleurs d'un instant, sont effeuillées,
Aux premiers souffles du matin.

A moi, Gulzha l'orientale,
Que m'offrirais-tu, fils d'Eblis?
Ta contrée où la lune pâle
Baigne de ses lueurs d'opale
Le nuage aux funèbres plis.

Au sérail j'ai pour mes toilettes
Un coffre à l'odeur de jasmin :
Pour moi fument aux cassolettes
Le doux parfum des violettes
Et l'encens pur de l'Yemen.

Devant ma litière qu'on roule,
L'ennuque noir au blanc coursier
Fait luire au-dessus de la foule,
Mer vivante, onduleuse houle,
Son large sabre au fil d'acier.

Comme une voix du soir, sans trève
J'entends la mer au flot changeant,
Qui vient murmurer sur la grève ;
J'ai, pour enchanter mon doux rêve,
Soleil d'or et lune d'argent.

Dans le miroir des eaux profondes,
Vives illuminations,
La nuit, je vois au sein des ondes
Purs flambeaux des célestes mondes
Trembler les constellations.

Loin des gardiennes sérieuses
Echangeant des récits d'amour,
Avec mes compagnes rieuses,
Sous les voûtes mystérieuses
Où se tamise un demi-jour,

Sans voile, au fond des grandes salles
Nous posons nos riches habits;
A peine effleurons-nous les dalles
Du bois léger de nos sandales
Etincelantes de rubis.

A vos baisers, vapeurs brûlantes,
Nous offrons nos corps dans le bain,
Et des fontaines ruisselantes
Ainsi que des perles tremblantes
Les eaux roulent sur notre sein.

Dans le jardin tout noirci d'ombre,
Sous les étoiles du ciel bleu,
Peureuses, nous courons en nombre,
Comme si, dans l'arcade sombre
Avaient brillé deux yeux de feu.

De mon sultan j'ai les tendresses,
Et pour un seul de mes souris,
Il donnerait mille maîtresses,
Il cèderait jusqu'aux caresses
De la plus belle des houris.

J'allume ou j'éteins la tempête
De cette âme aux bruyants éclats;
Si, jalouse de ma conquête,
Je lui demandais une tête,
Il ne la refuserait pas.

Mais toi, giaour, infidèle,
Non, non, je ne t'écoute pas;
Va-t-en : à tes désirs rebelle
Loin de Stamboul Gulzha la belle
Refuse de suivre tes pas.

VIII

LE DÉPART DE L'HOTE

ROMANCE GRECQUE.

Voici mai qui prend sa couronne,
Voici l'abeille qui bourdonne,
Voici le soleil qui rayonne,
C'est la jeune et verte saison :
L'étranger pense à la patrie,
Il pense à la cité chérie
Il pense à la vigne fleurie
Joyeuse au seuil de sa maison.

Quand la nuit, sous sa tiède haleine,
Au loin caresse la mer pleine,
Qui roule, ondule, immense plaine,
Sous la coupe immense des cieux,
Quand aux grands arbres de la grève
On entend comme dans un rêve
Sourdre confusément la sève,
Quand luit l'astre au front radieux,

Attentif, à genoux sur terre,
Il met à son cheval qu'il ferre,
Il met à son cheval de guerre
Des fers d'or et des clous d'argent;
Tandis qu'en ce moment suprême
La fille qui pleure et qui l'aime
Tristement l'éclaire elle-même
De sa lampe au reflet changeant.

Vers la coupe, pour qu'il étanche
Sa soif, souvent de sa main blanche
Elle incline l'urne qui penche
En lui disant à chaque fois :
— Avant qu'à l'étroite fenêtre
L'aurore ne vienne apparaître,
Emmène-moi d'ici, mon maître,
Tous deux allons par les grands bois :

Que me font la Grèce, l'Asie ?
Où s'en ira ta fantaisie
J'aurai le miel et l'ambroisie ;
Où tu seras, je serai bien :
Au retour de l'aube nouvelle,
Tu me verras, toujours fidèle :
J'ornerai ta couche avec zèle ;
Je ferai mon lit près du tien.

— Je vais, ma fille, à la contrée
Par les plis de l'onde azurée
De ton doux pays séparée,
Où seuls vont hommes et héros :
Là, pour danses et pour quadrilles
Ne s'en vont pas les jeunes filles,
Mais pour l'honneur et leurs familles
S'en vont braves et jouvenceaux.

— Eh bien ! je ne suis point timide ;
Donne-moi, mon maître et mon guide,
Habit d'homme et coursier rapide ;
Aux combats j'irai comme toi ;
Aux jouvenceaux si je ressemble,
Tu ne diras point que je tremble,
Pourvu que nous soyons ensemble
Moi près de toi, toi près de moi.

IX

LES
TROIS CHEFS DRUSES

AU DANTE.

Toi qui nous dis comment, dans les royaumes sombres
Sous la grêle de feu tourbillonnent les ombres,
Comment, avec des cris sauvages et stridents,
Ceux-ci frappant de l'arc et ceux-là des tridents
Par les bolges ardents, au fond des puits énormes,
Les monstrueux démons, les centaures difformes
Chasseurs d'hommes, s'en vont sur les damnés en pleurs
Epuiser le carquois des mortelles douleurs;
Toi qui nous dépeignis, pâlissant notre joue,
L'enfer du Phlégeton après l'enfer de boue,
Et le fleuve de soufre et le fleuve de sang,
Où des maudits la tourbe enfonce en rugissant,
Les forêts de pins noirs où d'immondes harpies
Foisonnent par milliers, où les âmes impies
Comme des fruits gâtés pendent aux grands rameaux
Dont l'ombre empoisonnée avive encor leurs maux,
Sur les pas des fuyards les meutes déchaînées,
A leurs talons rougis sans relâche acharnées,
Et le recoin sinistre où jamais en repos
Du crâne qu'il dévore Ugolin mord les os,

Toi qui d'un vol hardi perças l'immense gouffre
Où toute chose pleure, où toute chose souffre,
Qui dans la profondeur, noire, affreuse, au plus bas
Sous la glace mordante a scellé ton Judas,
Pour infliger un jour à ces trois misérables
Comme l'éternité des supplices durables,
Pour leur rendre d'un coup les maux qu'ils nous ont faits,
Pour égaler le poids et le nombre aux forfaits,
Pour dépasser enfin, ô trop lentes justices,
Des plus cruels tyrans les plus cruels supplices,
Du crime punisseur, vengeur de la vertu,
Dis, quel enfer pour eux, Dante, inventeras-tu?

X

AU XIXe SIÈCLE

I

O siècle sans pareil dans l'histoire des hommes,
Qui nous a faits ensemble et tous tant que nous sommes
Si grands et si petits ;
Gargantua moderne à la bouche profonde,
Ogre affamé, tout prêt à dévorer le monde
Dans tes fiers appétits,

Lorsqu'on te vit jaillir des flancs de la nuit sombre,
Chacun crut que par toi de nos malheurs sans nombre
Serait vengé l'affront ;
Né de l'onde sanglante où s'éteignit ton père,
Tu portais, radieux, d'un avenir prospère
L'auréole à ton front.

Comme jadis, Hercule, aux forces redoutables,
D'Augias fit rouler à travers les étables
Des fleuves écumants,
De ses propres forfaits tu souffletas le crime ;
Tu remplis jusqu'aux bords et tu gorgeas l'abîme
De décombres fumants.

Jetant autour de toi ta bruyante fanfare
Tu voulais à la fois être volcan et phare,

Briller, exterminer ;
Unir l'éclat des feux à l'éclat du tonnerre ;
Volcan, d'un pôle à l'autre épouvanter la terre,
Phare, l'illuminer.

De l'Espagne à l'Egypte et de Paris à Rome,
Tu voulus t'incarner, siècle, dans un seul homme,
Te résumant en lui ;
Afin qu'on dît un jour après bien des années :
— Jamais dans notre ciel et dans nos destinées
Rien de tel n'avait lui.

Et tu ne comptas point en vain sur son épée :
Ton image par lui, vivante, fut frappée
Dans le marbre et l'airain ;
Et comme il dépassait les Césars de la tête,
Des âges les plus beaux couronnement et faîte,
O siècle souverain,

Tu semblas, au milieu des nuages de poudre,
Avec son aigle ardent qui secouait la foudre
Aux traits éblouissants,
Dépasser en splendeur les siècles magnifiques
D'Auguste ou de Trajan, en des lointains magiques
Jusqu'à nous grandissants.

Cet homme tout armé sortit de tes entrailles :
Autour de lui tonnaient et pleuvaient les mitrailles
Avec un bruit d'enfer ;
D'un revers de sa main il abattait les trônes ;
Au feu de son haleine il fondait les couronnes,
Cercles d'or ou de fer.

II

Son nom par les échos du monde
Etait sans cesse répété ;
Pour son œuvre belle et féconde
Il rêvait l'immortalité.

Hiver, été, chaque victoire
Pour lui faisait le ciel vermeil ;
Il semblait au char de sa gloire
Avoir attelé le soleil.

Devant lui par un sort bizarre,
Monticules près d'un grand mont,
Le Pape abaissait sa tiare,
Le Czar même inclinait son front.

Il mettait le pied sur la gorge
A l'Angleterre, son ennui,
Riant des flammes de la forge
Qu'elle alimentait contre lui.

L'Egypte, aux grands sables arides,
De sa vie a vu le matin,
Du sphynx gardien des Pyramides
Sans doute il apprit son destin.

Dans sa chasse ardente aux couronnes,
Il voulait, de sa forte main,
Eriger assez de colonnes
Pour en jalonner son chemin.

Amiens. Typ. de Caron et Lambert.

www.ingramcontent.com/pod-product-compliance
Ingram Content Group UK Ltd.
Pitfield, Milton Keynes, MK11 3LW, UK
UKHW022155190726
13855UKWH00004B/1497